Rêverie de Noël et An

Colette

(Contributor: Marcel Sauvage)

Alpha Editions

This edition published in 2024

ISBN : 9789366384733

Design and Setting By
Alpha Editions
www.alphaedis.com
Email - info@alphaedis.com

Contents

COLETTE

*Colette,—Mme Colette de Jouvenel,—fille d'un capitaine au 1er zouaves, est née le 28
janvier 1873, à Saint-Sauveur en Puiseye, dans l'Yonne...*

Il suffit d'ailleurs de connaître l'auteur de Chéri *et des* Heures longues *pour savoir
combien cette date est inexacte.—«Voyez sa joue en pomme, ses yeux en myosotis, sa lèvre
en pétale de coquelicot...» pourrais-je répéter, d'un ton à peine moins vif, après Francis
Jammes qui présentait au lecteur, dans la préface aux* Sept Dialogues de bêtes, *la
première, sans doute, de nos femmes de lettres.*

Poétesse, disait-il.

*Poétesse, à coup sûr, avec tout ce que ce titre demande de grâce, de musique et de fraîcheur,
avec tout ce qu'il éveille et implique dans la pensée d'ombres et d'horizons mouvants, mais
Colette, qui fut souple naguère, jusqu'à pouvoir, dans les music-halls, sous le feu des
projecteurs, tâter sa nuque du bout de ses pieds, Colette a dédaigné l'étroit corset du poème
traditionnel, l'impossible corset du mètre classique. Elle écrit, comme on échange, entre
amis, de tendres et fragiles confidences, sur la vie, l'amour, les hommes, les bêtes et les
plantes.*

«Viens, toi qui l'ignores, viens que je te dise tout bas...»

*
* *

*La flamme si particulière, proche ou lointaine, jamais décolorée, jamais morte, qui brûle et
danse au fond des livres de Colette, est le clair souvenir, d'abord de ses années d'enfance.*

*«Je suis née seule, nous confie-t-elle pour expliquer sa façon d'être et de sentir, j'ai grandi
sans mère, frère ni sœur, au côté d'un père turbulent que j'aurais dû prendre sous ma tutelle,
et j'ai vécu sans amis. Un tel isolement moral n'a-t-il pas recréé en moi cet esprit tout juste
assez gai, tout juste assez triste, qui s'enflamme de peu et s'éteint de rien, pas bon, pas
méchant, insociable en somme et plus proche des bêtes que des hommes.»*

*Plus proche des bêtes que des hommes... Je crois que le secret et le meilleur de Colette est ici.
Elle nous indique, au tournant de chaque page, ce qu'il y a de primitif, de primesautier,
de frais, en un mot ce qu'il y a d'animal dans la personne humaine.*

*Amour de l'homme pour la femme, instinct, «joie intelligente de la chair qui reconnaît
immédiatement son maître», Colette a peint sans fausse honte ni cynisme l'âpre et nécessaire
volupté des corps que le désir, pour une minute ou l'éternité, presse l'un contre l'autre...*

*Toby-chien d'autre part avec Kiki-la-Doucette demeurent, parmi ses personnages à deux
ou quatre pattes, ses héros favoris et les plus vivants.*

*
* *

Il ne s'agit point ici de romans, d'aventures ni d'intrigues. Les sujets ne sont que des prétextes. Les livres de Colette, l'un après l'autre, constituent les mémoires d'une sensibilité que l'ombre d'un oiseau suffit à réveiller.

Mémoires d'une femme, sans fard ni pose. Mémoires du plus subjectif de nos écrivains. Recueils des sensations les plus subtiles, les plus profondes, présentées sans détours, sans ce curieux et troublant mélange d'abstraction et de réalité, sans cette transposition intellectuelle qui font le succès de nos plus jeunes auteurs, qui les caractérisent et qui déjà nous lassent.

*Ici, tout est simple, clair, frémissant et chaud comme la révolte même de cette Lola qui s'écrie dans l'*Envers du Music-hall: «*Je ne suis pas une princesse enchaînée mais fine chienne, une vraie chienne, au cœur de chienne.»*

*
* *

Colette cueille sans les tuer, chacune par son nom, les plantes et les herbes courbées sous la fuite du vent: l'oseille sauvage, la menthe amère, les vernes à la feuille froide, le chanvre rose et la saponaire. Les Vrilles de la vigne.

Elle n'a point prêté aux bêtes une âme artificielle et symbolique. Elle s'est mise à quatre pattes pour mieux comprendre les chats que l'orage fait vibrer dans l'ombre, longuement, comme des musiques silencieuses. Elle s'est haussée sur la pointe des pieds pour mieux voir l'araignée des jardins le velours de sa panse en gousse d'ail et sa croix de Templier. La Paix chez les bêtes.

Mère,—Colette a, je crois, une fille,—elle a pris part sagement, sans sourire, aux jeux et aux joies, aux doutes et aux douleurs des âmes à peine nées, bourgeons que froisse le moindre vent et qu'un rayon de soleil suffit à épanouir. Seule, elle a pu pénétrer et nous décrire l'univers étrange et miroitant des âmes enfantines. La Maison éclairée.

Avec Willy,—le plus pauvre des collaborateurs et son mari pendant 13 ans,—elle a bâti le roman de Claudine: Claudine à l'école, Claudine s'en va, Claudine à Paris, Claudine en Ménage. *Histoire d'une fillette indépendante et volontaire qui veut, à son gré, mener sa barque. Histoire de la jeune fille moderne qui a le goût de la liberté, un plus grand besoin d'air et de mouvement et qui se moque du danger, des vrilles nocturnes du danger...*

Son dernier livre: La Maison de Claudine *est comme l'écrin de ses plus tendres souvenirs.*

*
* *

On a dit de Colette qu'elle écrit «comme les arbres poussent, comme les ruisseaux coulent, comme les fleurs s'épanouissent...»

Lecteur, voici l'œuvre: un des plus beaux jardins de France.

MARCEL SAUVAGE.

REVERIE DE NOUVEL AN

Toutes trois nous rentrons poudrées, moi, la petite bull et la bergère flamande...

Il a neigé dans les plis de nos robes, j'ai des épaulettes blanches, un sucre impalpable fond au creux du mufle camard de Poucette, et la bergère flamande scintille toute, de son museau pointu à sa queue en massue.

Nous étions sorties pour contempler la neige, la vraie neige et le vrai froid, raretés parisiennes, occasions, presque introuvables, de fin d'année... Dans mon quartier désert, nous avons couru comme trois folles, et les fortifications hospitalières, les fortifs décriées et mal connues, les rassurantes fortifs ont vu, de l'avenue des Ternes au boulevard Malesherbes, notre joie haletante de chiens lâchés. Du haut du talus, nous nous sommes penchées sur le fossé que comblait un crépuscule violâtre fouetté de tourbillons blancs; nous avons contemplé Levallois noir piqué de feux roses, derrière un voile chenillé de mille et mille mouches blanches, vivantes, froides comme des fleurs effeuillées, fondantes sur les lèvres, sur les yeux, retenues un moment aux cils, au duvet des joues... Nous avons gratté de nos dix pattes une neige intacte, friable, qui fuyait sous notre poids avec un crissement caressant de taffetas. Loin de tous les yeux, nous avons galopé, aboyé, happé la neige au vol, goûté sa suavité de sorbet vanillé et poussiéreux...

Assises maintenant devant la grille ardente, nous nous taisons toutes trois. Le souvenir de la nuit, de la neige, du vent déchaîné derrière la porte, fond dans nos veines lentement et nous allons glisser à ce soudain sommeil qui récompense les marches longues...

La bergère flamande, qui fume comme un bain de pieds, a retrouvé sa dignité de louve apprivoisée, son sérieux faux et courtois. D'une oreille, elle écoute le chuchotement de la neige au long des volets clos, de l'autre elle guette le tintement des cuillères dans l'office. Son nez effilé palpite, et ses yeux couleur de cuivre, ouverts droit sur le feu, bougent incessamment, de droite à gauche, de gauche à droite, comme si elle lisait... J'étudie, un peu défiante, cette nouvelle venue, cette chienne féminine et compliquée qui garde bien, rit rarement, se conduit en personne de sens et reçoit les ordres, les réprimandes sans mot dire, avec un regard impénétrable et plein d'arrière-pensées... Elle sait mentir, voler,—mais elle crie, surprise, comme une jeune fille effarouchée et se trouve presque mal d'émotion. Où prit-elle, cette petite louve au rein bas, cette fille des champs wallons, sa haine des gens mal mis et sa réserve aristocratique? Je lui offre sa place à mon feu et dans ma vie, et peut-être m'aimera-t-elle, elle qui sait déjà me défendre...

Ma petite bull au cœur enfantin dort, foudroyée de sommeil, la fièvre au museau et aux pattes. La chatte grise n'ignore pas qu'il neige, et depuis le déjeuner je n'ai pas vu le bout de son nez, enfoui dans le poil de son ventre. Encore une fois me voici, comme au début de l'autre année, assise en face mon feu, de ma solitude, en face de moi-même...

Une année de plus... À quoi bon les compter? Ce jour de l'An parisien ne me rappelle rien des premiers janvier de ma jeunesse; et qui pourrait me rendre la solennité puérile des jours de l'An d'autrefois? La forme des années a changé pour moi,—durant que, moi, je changeais. L'année n'est plus cette route ondulée, ce ruban déroulé qui, depuis Janvier, montait vers le printemps, montait, montait vers l'été pour s'y épanouir en calme plaine, en pré brûlant coupé d'ombres bleues, taché de géraniums éblouissants,—puis descendait vers un automne odorant, brumeux, fleurant le marécage, le fruit mûr et le gibier,—puis s'enfonçait vers un hiver sec, sonore, miroitant d'étangs gelés, de neige rose sous le soleil... Puis le ruban ondulé dévalait, vertigineux, jusqu'à se rompre net devant une date merveilleuse, isolée, suspendue entre les deux années comme une fleur de givre: le jour de l'An...

Une enfant très aimée, entre des parents pas riches, et qui vivait à la campagne parmi des arbres et des livres, et qui n'a pas connu ni souhaité les jouets coûteux: voilà ce que je revois, en me penchant ce soir sur mon passé... Une enfant superstitieusement attachée aux fêtes des saisons, aux dates marquées par un cadeau, une fleur, un traditionnel gâteau... Une enfant qui d'instinct ennoblissait de paganisme les fêtes chrétiennes, amoureuse seulement du rameau de buis, de l'œuf rouge de Pâques, des roses effeuillées à la Fête-Dieu et des reposoirs,—syringas, aconits, camomilles,—du surgeon de noisetier sommé d'une petite croix, bénit à la messe de l'Ascension et planté sur la lisière du champ qu'il abrite de la grêle... Une fillette éprise du gâteau à six cornes, cuit et mangé le jour des Rameaux; de la crêpe, en carnaval; de l'odeur étouffante de l'église, pendant le mois de Marie...

Vieux curé sans malice qui me donnâtes la communion, vous pensiez que cette enfant silencieuse, les yeux ouverts sur l'autel attendait le miracle, le mouvement insaisissable de l'écharpe bleue qui ceignait la Vierge? N'est-ce pas? J'étais si sage!... Il est bien vrai que je rêvais miracle, mais... pas les mêmes que vous. Engourdie par l'encens des fleurs chaudes, enchantée du parfum mortuaire, de la pourriture musquée des roses, j'habitais, cher homme sans malice, un paradis que vous n'imaginiez point, peuplé de mes dieux, de mes animaux parlants, de mes nymphes et de mes chèvre-pieds... Et je vous écoutais parler de votre enfer, en songeant à l'orgueil de l'homme qui, pour ses crimes d'un moment, inventa la géhenne éternelle... Ah! qu'il y a longtemps!...

Ma solitude, cette neige de décembre, ce seuil d'une autre année, ne me rendront pas le frisson d'autrefois, alors que dans la nuit longue je guettais le frémissement lointain, mêlé aux battements de mon cœur, du tambour municipal, donnant, au petit matin du 1er janvier, l'aubade au village endormi... Ce tambour dans la nuit glacée, vers quatre heures, je le redoutais, je l'appelais du fond de mon lit d'enfant, avec une angoisse nerveuse proche des pleurs, les mâchoires serrées, le ventre contracté... Ce tambour seul, et non les douze coups de minuit, sonnait pour moi l'ouverture éclatante de la nouvelle année, l'avènement mystérieux après quoi haletait le monde entier, suspendu au premier *rrran* du vieux tapin de mon village...

Il passait, invisible dans le matin fermé, jetant aux murs son alerte et funèbre petite aubade, et derrière lui une vie recommençait, neuve et bondissante vers douze mois nouveaux... Délivrée, je sautais de mon lit à la chandelle, je courais vers les souhaits, les baisers, les bonbons, les livres à tranches d'or... J'ouvrais la porte aux boulangers portant les cent livres de pain et jusqu'à midi, grave, pénétrée d'une importance commerciale, je tendais à tous les pauvres, les vrais et les faux, le chanteau de pain et le décime qu'ils recevaient sans humilité et sans gratitude...

Matins d'hiver, lampe rouge dans la nuit, air immobile et âpre d'avant le lever du jour, jardin deviné dans l'aube obscure, rapetissé, étouffé de neige, sapins accablés qui laissiez, d'heure en heure, glisser en avalanches le fardeau de vos bras noirs,—coups d'éventail des passereaux effarés, et leurs jeux inquiets dans une poudre de cristal plus ténue, plus pailletée que la brume irisée d'un jet d'eau... O tous les hivers de mon enfance, une journée d'hiver vient de vous rendre à moi! C'est mon visage d'autrefois que je cherche, dans ce miroir ovale saisi d'une main distraite, et non mon visage de femme, de femme jeune que sa jeunesse va, bientôt, quitter...

Enchantée encore de mon rêve, je m'étonne d'avoir changé, d'avoir vieilli pendant que je rêvais... D'un pinceau ému je pourrais repeindre, sur ce visage-ci, celui d'une fraîche enfant roussie de soleil, rosée de froid, des joues élastiques achevées en un menton mince, des sourcils mobiles prompts à se plisser, une bouche dont les coins rusés démentent la courte lèvre ingénue... Hélas, ce n'est qu'un instant. Le velours adorable du pastel ressuscité s'effrite et s'envole... L'eau sombre du petit miroir retient seulement mon image qui est bien pareille, toute pareille à moi, marquée de légers coups d'ongle, finement gravée aux paupières, aux coins des lèvres, entre les sourcils têtus... Une image qui ne sourit ni ne s'attriste, et qui murmure, pour moi seule: «Il faut vieillir. Ne pleure pas, ne joins pas des doigts suppliants, ne te révolte pas: il faut vieillir. Répète-toi cette parole, non comme un cri de désespoir, mais comme un cher refrain que tu chantes en toi-même, comme le rappel d'un départ nécessaire... Regarde-toi, regarde tes paupières, tes lèvres, soulève sur tes tempes les boucles de tes cheveux: déjà tu commences à t'éloigner de ta jeunesse; tu vas t'éloigner de ta vie, ne l'oublie pas, il faut vieillir!

Éloigne-toi lentement, lentement, sans larmes; n'oublie rien! Emporte ta santé, ta gaîté, ta coquetterie, le peu de bonté et de justice qui t'a rendu la vie moins amère; n'oublie pas! Va t'en parée, va t'en douce, et ne t'arrête pas le long de la route irrésistible, tu l'essaierais en vain,—puisqu'il faut vieillir! Suis le chemin, et ne t'y couche que pour mourir. Et, quand tu t'étendras en travers du vertigineux ruban ondulé, si tu n'as pas laissé derrière toi, un à un, tes cheveux; en boucles, ni tes dents une à une, ni tes membres un à un usés, si la poudre éternelle n'a pas, avant ta dernière heure, sevré tes yeux de la lumière merveilleuse—si tu as, jusqu'au bout, gardé dans ta main la main amie qui te guide, couche-toi en souriant, dors heureuse, dors privilégiée...»

MALADE

Comme chaque matin, une mince colonne lilas, une tige de lumière, debout, divise l'obscurité de la chambre. Elle s'étire, coupante, contre le fond brodé et sombre de mon rêve, un rêve de jardins à lourdes verdures, à feuillages bleus comme ceux des tapisseries, qui murmuraient pesamment sous un vent chaud... Je referme les yeux, avec l'espoir de joindre, par-dessus la hampe lumineuse, les deux panneaux somptueux de mon rêve. Une douleur précise, à la place des sourcils, m'éveille tout à fait. Mais le murmure orageux des feuillages bleus persiste dans mes oreilles.

J'atteins la lampe, qui éclôt de l'ombre comme une courge rosée, traînant après elle ses vrilles sèches en fil de soie...

Le battement douloureux persiste, là, derrière les sourcils. J'avale péniblement; quelque chose comme une petite arbouse râpeuse enfle dans ma gorge, et je ferme les mains, je cache mes ongles, pour éviter le contact des draps.

Froid, chaud—frissons... Malade? Oui. Décidément, oui. Pas très malade—juste assez. J'éteins la lampe, et le tube lumineux, d'un bleu glacé qui rafraîchit ma fièvre, monte de nouveau entre les rideaux. Il est six heures.

Malade... oh! oui, enfin, malade. Un peu de grippe sans doute? Je referme les yeux, et j'attends le commencement de cette journée comme si c'était ma fête. Toute une longue journée de faiblesse, de demi-sommeil, de caprices respectés, de diète gourmande! J'appelle déjà le parfum, autour de mon lit, de la verveine citronnelle—il y aura aussi, quand j'aurai faim, l'odeur du lait chaud vanillé, et de la pomme échaudée, givrée de sucre...

Faut-il attendre que la maison s'éveille? Ou bien sonnerai-je, pour qu'on se hâte et qu'on s'effare, avec des bruits de mules claquantes dans l'escalier, des «Mon Dieu!» et des «Cela devait arriver, la grippe court...» Mieux vaut attendre, en guettant le jour qui grandit, le tapis qui s'éclaire et pâlit comme un étang... J'entends, mais vaguement, le roulement des voitures et les sonnailles des bouteilles pendues aux doigts du laitier... Le son profond d'une timbale grave, battue légèrement et régulièrement, assourdit mes oreilles et me sépare des bruits de la rue: c'est la monotone, l'agréable pédale de ma fièvre. Loin de chercher à m'en distraire, je la cultive, je la détaille, j'accommode à son rythme des airs faciles, des chansons de mon enfance... Ah! voici que, portée en musique vers les jardins que quitta mon songe, j'entrevois de nouveau les lourds feuillages bleus...

... «Quoi? que voulez-vous? je dormais... Oui, vous voyez, je suis malade... Si, si, vraiment malade! Non, je ne veux rien, sinon que vous n'entriez pas tous à la fois dans ma chambre... Et ne touchez pas aux rideaux—oh! la grossièreté des gens bien portants!—avez-vous fini de les ouvrir et refermer, et d'agiter de grands drapeaux de clarté qui refroidissent toute la pièce?

«Donnez-moi seulement... un verre d'eau glacée: je veux un verre tout uni, un gobelet sans défaut et sans parure, mince, plaisant aux lèvres et à la langue, plein d'une eau dansante et qui semble, à cause du plateau d'argent, un peu bleue—j'ai soif.

«Non? Vous refusez? Eh! qu'ai-je à faire, moi fiévreuse, moi brûlante, de votre tisane qui sent le linge bouilli et le vieux bouquet? Disparaissez tous! je vous déteste. Je défends qu'on m'embrasse avec des nez froids, qu'on me touche avec des mains de gouvernante matinale, honnêtes et gercées...

«Allez-vous-en! Toute seule, je goûte mieux l'agrément morose, délicat, d'être malade. Je me sens, aujourd'hui, si supérieure à vous tous! Des yeux fins, blessés, amoureux des lumières douces et des reflets étouffés—des oreilles sensibles, mobiles sous mes cheveux, inquiètes de tout bruit—une peau intelligente assez pour percevoir les défauts de la toile fine qui la couvre—et ce miraculeux odorat qui invente à son gré, dans la chambre, l'arome de la fleur d'oranger ou des bananes meurtries, ou du melon musqué, trop mûr, qui va se fendre et répandre une eau sanguine...

«Il me semble que derrière la porte, vous devez être un peu envieux, vous qui ne savez pas jouer, comme je fais, avec le soleil de novembre qui coule lentement sur le toit, là-bas, au bout du jardin, avec la branche que chaque souffle incline et qui trempe, chaque fois, le bout de ses feuilles rouillées dans un vif rayon... Elle se relève, et l'ombre la teint en violet—elle se penche, et la voilà rose... Violet, rose... Rose, violet... Violet-bleu, comme les feuillages de mon rêve... Ils ne sont pas si loin, les feuillages bleus, puisque leur murmure marin emplit mes oreilles: aurai-je le temps, cette fois, d'habiter leurs ombrages?...

. . . .

... «Qui est là? Qu'y a-t-il? Je dormais... Pourquoi me laisse-t-on seule? Depuis combien de temps m'abandonnez-vous, sans force pour appeler? Venez, secourez-moi... Oh! vous ne m'aimez pas... Qui donc a mis près de mon visage, pendant mon sommeil, ce bouquet de violettes? Donnez, que je le touche... Qu'il est vivant, et froid, et délicieux aux lèvres!... Vous êtes sortis? Il fait beau?... il fait beau sans moi... Oui, je sais, le trottoir était sec et bleuté, mes chiens ont couru devant vous dans l'allée du Bois, ils happaient les feuilles en rafale... Je suis jalouse... Ne me regardez pas: je voudrais être petite pour pleurer sans honte. Je n'aime plus être malade. Je suis sage: je boirai la potion amère, la tisane aussi. Je ne jetterai plus mes bras hors des couvertures...

«Que la journée est longue! Est-ce l'heure, enfin, d'allumer les lampes? N'essayez pas de mentir: j'entendrai bien les enfants courir et crier en quittant l'école, et les galoches de la porteuse de pain, qui vient à cinq heures...

«Dites, resteriez-vous ainsi fidèles auprès de moi, indulgents et grondeurs, si j'étais longtemps, longtemps malade? ou bien si j'étais vieille tout d'un coup, et prisonnière comme sont les vieilles gens?... Cela fait trembler, quand on y pense... Cela fait trembler... Pourquoi croyez-vous que c'est de fièvre que je tremble? Je tremble parce que c'est la mauvaise heure, entre chien et loup... Vite! allumez la lampe, et que sa lueur éloigne le chien fantôme et le loup revenant...

«Vous voyez, maintenant je ne frissonne plus, depuis qu'elle brille toute ronde, énorme et rose, comme une coloquinte à l'écorce brodée... Le beau fruit, et de quel jardin fabuleux! Il tient encore à ses vrilles arrachées, vous voyez, traînantes sur la table, et peut-être qu'en fermant les yeux... attendez, oui, je vois la branche qui portait le fruit, et voici l'arbre après la branche, l'arbre bleu, enfin, enfin! et tout le jardin sombre, accablé de vent chaud, murmurant d'eau et de feuilles, le jardin de mon rêve, dont je demeure, depuis cette nuit, altérée...»

DIMANCHE

Qu'est-ce que tu as? Ne prends pas la peine, en me répondant: «Rien», de remonter courageusement tous les traits de ton visage; l'instant d'après, les coins de ta bouche retombent, tes sourcils pèsent sur tes yeux, et ton menton me fait pitié. Je le sais, moi, ce que tu as.

Tu as que c'est dimanche, et qu'il pleut. Si tu étais une femme, tu fondrais en larmes, parce qu'il pleut et que c'est dimanche, mais tu es un homme, et tu n'oses pas. Tu tends l'oreille vers le bruit de la pluie très fine, un bruit fourmillant de sable qui boit—tu regardes malgré toi la rue miroitante et les funèbres magasins fermés, et tu raidis tes pauvres nerfs d'homme, tu fredonnes un petit air, tu allumes une cigarette que tu oublies et qui refroidit entre tes doigts pendants...

J'ai bien envie d'attendre que tu n'en puisses plus, que tu quêtes mon secours...

Je suis méchante, dis? Non, mais c'est que j'aime tant ton geste enfantin de jeter les bras vers moi et de laisser rouler ta tête sur mon épaule, comme si tu me la donnais une fois pour toutes... Mais aujourd'hui il pleut si noir, et c'est tellement dimanche que je fais, avant que tu l'aies demandé, les trois signes magiques: clore les rideaux,—allumer la lampe,—disposer, sur le divan, parmi les coussins que tu préfères, mon épaule creusée pour ta joue, et mon bras prêt à se refermer sur ta nuque...

Est-ce bien ainsi? pas encore? ne dis rien, attends que notre chaleur de bêtes fraternelles ait gagné les coussins. Lentement, lentement, la soie tiédit sous ma joue, sous mes reins, et ta tête s'abandonne peu à peu à mon épaule, et tout ton corps, à mon côté, se fait lourd et souple et répandu comme si tu fondais...

Ne parle pas! J'entends, mieux que tes paroles, tes grands soupirs tremblants... Tu retiens ton souffle, tu crains d'achever le soupir en sanglot. Ah! si tu osais...

Va, j'ai jeté sur la lampe mon écharpe bleutée; tu vois à peine, à travers les tiges d'un haut bouquet de chrysanthèmes, le feu dansant;—reste là, dans l'ombre,—oublie que je suis ton amie, oublie ton âge et même que je suis une femme, savoure l'humiliation et la douceur de redevenir, parce que c'est un dimanche de novembre, parce qu'il fait froid et qu'il pleut noir, un enfant nerveux, qui retourne invinciblement, innocemment, à la féminine chaleur, qui ne souhaite rien, hors l'abri vivant, hors l'immobile caresse de deux bras refermés.

Reste là. Tu as retrouvé le berceau,—il te manque la chanson, ou le conte merveilleux... Je ne sais pas de contes. Et je n'inventerai même pas pour toi l'histoire heureuse d'une princesse fée qui aime un prince magicien. Car il n'y a pas de place pour l'amour dans ton cœur d'aujourd'hui, dans ton cœur d'orphelin.

Je ne sais pas de contes... Te suffira-t-il, mon chuchotement contre ton oreille? Donne ta main, serre bien la mienne: elle te mène, sans bouger, vers des dimanches humbles que j'ai tant aimés. Tu nous vois, la main dans la main, et toujours plus petits, sur une route couleur de fer, pailletée de silex métallique—c'est une route de mon pays...

Je te conduis doucement, parce que tu n'es qu'un joli enfant parisien, et je regarde, en marchant, ta main blanche dans ma petite patte hâlée, sèche de froid et rougie au bout des doigts. Elle a l'air, ma petite patte paysanne, d'une des feuilles qui demeurent aux haies, enluminées par l'automne...

La route couleur de fer tourne ici, si court qu'on s'arrête surpris, devant un village imprévu... Mon Dieu, je t'emmène religieusement vers ma maison d'autrefois, petit enfant policé et qui ne t'étonnes guère, et peut-être que tu dis, pendant que je tremble sur le seuil retrouvé: «Ce n'est qu'une vieille maison...»

Entre. Je vais t'expliquer. D'abord, tu comprends que c'est dimanche, à cause du parfum de chocolat qui dilate les narines, qui sucre la gorge délicieusement... Quand on s'éveille, voyons, et qu'on respire la chaude odeur du chocolat bouillant, on sait que c'est dimanche. On sait qu'il y a, à dix heures, des tasses roses, fêlées, sur la table, et des galettes feuilletées,—ici, tiens, dans la salle à manger,—et qu'on a la permission de supprimer le grand déjeuner de midi... Pourquoi? je ne saurais te dire... c'est une mode de mon enfance.

Ne lève pas des yeux craintifs vers le plafond noir. Tout est tutélaire dans cette maison ancienne. Elle contient tant de merveilles! ce pot bleu chinois, par exemple, et la profonde embrasure de cette fenêtre, où le rideau, en retombant, me cache toute...

Tu ne dis rien? Oh! petit garçon, je te montre un vase enchanté, dont la panse gronde de rêves captifs, la grotte mystérieuse où je m'enferme avec mes fantômes favoris, et tu restes froid, déçu, et ta main ne frémit pas dans la mienne? Je n'ose plus, maintenant, te mener dans ma chambre, te mener dans ma chambre à dormir où la glace est tendue d'une dentelle grise, plus fine qu'un voile de cheveux, qu'a tissée une grosse araignée des jardins, frileuse. Elle veille au milieu de sa toile, et je ne veux pas que tu l'inquiètes. Penche-toi sur le miroir: nos deux visages d'enfants, le tien pâle, le mien vermeil, rient derrière le double tulle... Ne t'arrête pas au banal petit lit blanc, mais plutôt au judas de bois qui perce la cloison: c'est par là que pénètre, à l'aube, ma chatte vagabonde; elle choit sur mon lit, froide, blanche et légère comme une brassée de neige, et s'endort sur mes pieds...

Tu ne ris pas, petit compagnon blasé. Mais j'ai gardé, pour te conquérir, le jardin. Dès que j'ouvre la porte usée, dès que les deux marches branlantes ont remué sous nos pieds, ne sens-tu pas cette odeur de terre, de feuilles de noyer, de chrysanthèmes et de fumée? Tu flaires comme un chien novice, tu frissonnes... L'odeur amère d'un jardin de novembre, le saisissant silence dominical des bois d'où se sont retirés le bûcheron et la charrette, la route forestière détrempée où roule mollement une vague de brouillard,—tout cela est à nous jusqu'au soir, si tu veux, puisque c'est dimanche.

Mais peut-être préféreras-tu mon dernier royaume et le plus hanté: l'antique fenil, voûté comme une église. Respire, avec moi, la poussière flottante du vieux foin, encore embaumée, plus excitante qu'un tabac fin. Nos éternuements aigus vont émouvoir un peuple argenté de rats, de chats minces à demi sauvages; des chauves-souris vont voler, un instant, dans le rayon de jour bleu qui fend, du plafond au sol, l'ombre veloutée... C'est à présent qu'il faut serrer ma main et réfugier, sous mes longs cheveux, ta tête lisse et noire de chaton bien léché...

... Tu m'entends encore? Non, tu dors. Je veux bien garder ta lourde tête sur mon bras et t'écouter dormir. Mais je suis un peu jalouse. Parce qu'il me semble, à te voir insensible et les yeux clos, que tu es resté là-bas, dans un très vieux jardin de mon pays, et que ta main serre la rude petite main d'une enfant qui me ressemble...

RÉPIT

«—On t'a dit qu'en ton absence je vivais seule, farouche, et fidèle, avec un air d'impatience et d'attente?... Ne le crois pas. Je ne suis ni seule, ni fidèle. Et ce n'est pas toi que j'attends.

«Ne t'irrite pas! Lis cette lettre jusqu'au bout. J'aime te braver quand tu es loin, quand tu ne peux rien contre moi, que serrer tes poings et briser un vase... J'aime te braver sans péril, et te voir à travers la distance, tout petit, courroucé et inoffensif: tu es le dogue, et moi, le chat en haut de l'arbre...

«Je ne t'attends pas. On t'a dit que j'ouvrais hâtivement ma fenêtre, dès le lever du soleil, comme aux jours où tu marchais dans l'allée, chassant devant toi, jusqu'à mon balcon, ton ombre longue? On t'a menti. Si j'ai quitté mon lit, pâle, un peu égarée de sommeil, ce n'est pas que l'écho de ton pas m'appelât...Qu'elle est belle, l'allée blonde et vide! Nulle branche morte, nul fétu n'arrête mon regard qui s'y élance, et la barre bleue de ton ombre ne chemine plus sur le sable pur, qu'ont seules gaufré les petites serres des oiseaux...

«J'attendais... cette heure-là, la première du jour, la mienne, celle que je ne partage avec personne. Je t'y laissais mordre juste le temps de t'accueillir, de te reprendre la fraîcheur, la rosée de ta course à travers les champs, et de refermer sur nous mes persiennes... Maintenant, l'aube est à moi seule, et seule je la savoure rose, emperlée, comme un fruit intact qu'ont dédaigné les hommes. C'est pour elle que je quitte mon sommeil, et mon rêve qui parfois t'appartient... Tu vois? éveillée, à peine, je te quitte, et pour te trahir...

«T'a-t-on redit aussi que je descendais pieds nus, vers midi, jusqu'à la mer? On m'a épiée, n'est-ce pas? On t'a vanté ma solitude hostile, et la muette promenade sans but de mes pas sur la plage; on a plaint mon visage penché, puis soudain guetteur, tendu vers... Vers quoi? vers qui?... Oh! si tu avais pu entendre! je viens de rire, de rire comme jamais tu ne m'entends rire! C'est qu'il n'y a plus, sur la plage lissée par la vague, la moindre trace de tes jeux, de tes bonds, de ta jeune violence, il n'y a plus tes cris dans le vent, et ton élan de nageur ne brise plus la volute harmonieuse de la lame qui se dresse, s'incline, s'enroule comme une verte feuille transparente, se jette vers moi et fond à mes pieds...

«T'attendre, te chercher? Pas ici, où rien ne se souvient de toi. La mer ne berce point de barque; la mouette qui pêchait, agrippée au flot et battant des ailes, s'est envolée. Le rocher rougeâtre, en forme de lion, se prolonge, violet, sous l'eau qui l'assaille. Se peut-il que tu aies dompté, sous ton talon nu, ce lion taciturne? Ce sable, qui craque en séchant comme une soie échauffée, tu l'as foulé, fouillé; il a bu sur toi ton parfum et le sel de la mer? Je me répète tout cela, en marchant à midi sur la plage, et je penche la tête, incrédule. Mais, parfois, je me retourne aussi, et je guette—comme les enfants qui s'effraient d'une histoire qu'ils inventent:—non, tu n'es pas là,—j'ai eu peur. Je croyais tout à coup te trouver là, avec ton air de vouloir me voler mes pensées... J'ai eu peur.

«Il n'y a rien,—rien que la plage lisse qui grésille comme sous une flamme invisible, rien que les équilles de nacre qui percent le sable, sautent, repiquent du nez, ressortent, et cousent la grève de mille lacets étincelants et rompus... Il n'est que midi. Je n'ai pas fini de t'offenser, absent! Je cours vers la salle sombre, où le jour bleu se mire dans la table cirée, dans l'armoire à panse brune; sa fraîcheur sent la cave et le fruitier, à cause du cidre qui mousse dans la cruche et d'une poignée de fraises au creux d'une feuille de chou...

«Un seul couvert. L'autre côté de la table, en face de moi, luit comme une flaque. Je n'y jetterai pas la rose, tu sais? que tu trouvais chaque matin, tiède, dans ton assiette. Je l'épingle à mon corsage, très haut, près de l'épaule, et je n'ai qu'à tourner un peu la tête pour m'y caresser les lèvres... Comme la fenêtre est large! Tu me la masquais à demi, et je n'avais jamais vu, jusqu'à présent, l'envers mauve, presque blanc, des fleurs de clématite, pendantes...

«Je chantonne tout doucement, tout doucement, pour moi seule... La plus grosse fraise, la plus noire cerise, ce n'est plus dans ta bouche, mais dans la mienne, qu'elles fondent, délicieuses... Tu les convoitais si fort que je te les offrais, non par tendresse, mais par une sorte de pudeur civilisée...

«Tout l'après-midi est devant moi comme une terrasse inclinée, rayonnante en haut et qui plonge, là-bas, dans le soir indistinct, couleur d'étang. C'est l'heure, te l'a-t-on dit? où je m'enferme. Réclusion jalouse, n'est-ce pas? méditation voluptueuse et triste d'une amante solitaire?... Qu'en sais-tu? Quels noms donner aux fantômes que je choie, quels conseillers me pressent, et pourrais-tu jurer que mon rêve a les traits de ton visage?... Doute de moi! doute de moi, toi qui as pu surprendre mes pleurs, et mon rire, toi que je fruste à tout moment, toi, que je baise en te nommant tout bas: «Étranger...»

Jusqu'au soir, je te trahis! Mais, à la nuit, je te donne rendez-vous, et la pleine lune me retrouve au pied de l'arbre où délirait un rossignol, si enivré de son chant qu'il n'entendit ni nos pas, ni nos souffles, ni nos paroles mêlées... Aucun de mes jours ne ressemble au jour d'avant, mais une nuit de pleine lune est divinement pareille à une autre nuit de pleine lune...

«À travers l'espace, par-dessus la mer et les montagnes, ton esprit vole-t-il au rendez-vous que je lui donne, auprès de l'arbre? J'y reviens, comme je l'ai promis, chancelante, car ma tête renversée cherche en vain le bras qui la soutenait... Je t'appelle—parce que je sais que tu ne viendras pas! Sous mes paupières fermées, je joue avec ton image, j'adoucis la couleur de ton regard, le son de ta voix, je taille à mon gré ta chevelure, et j'affine ta bouche, et je t'invente subtil, enjoué, indulgent et tendre—je te change, je te corrige...

«Je te change... Peu à peu, et tout entier, et jusqu'au nom que tu portes... Et puis je m'en vais, furtive, honteuse, légère, comme si, entrée avec toi sous l'ombre de l'arbre, j'en sortais avec un inconnu...»

J'AI CHAUD

Ne me touche pas! j'ai chaud... Écarte-toi de moi! Mais ne reste pas ainsi debout sur le seuil: tu arrêtes, tu me voles le faible souffle qui bat, de la fenêtre à la porte, comme un lourd oiseau prisonnier...

J'ai chaud. Je ne dors pas. Je regarde l'air noir de ma chambre close, où chemine un râteau d'or, aux dents égales, qui peigne lentement, l'herbe rase du tapis. Quand l'ombre rayée de la persienne atteindra le lit, je me lèverai,—peut-être... Jusqu'à cette heure-là, j'ai chaud.

J'ai chaud. La chaleur m'occupe comme une maladie et comme un jeu. Elle suffit à remplir toutes les heures du jour et de la nuit. Je ne parle que d'elle; je me plains d'elle avec passion et douceur, comme d'une caresse impitoyable. C'est elle—regarde!—qui m'a fait cette marque vive au menton, et cette joue giflée, et mes mains ne peuvent quitter ces gantelets, couleur de pain roux, qu'elle peignit sur ma peau. Et cette poignée de grains d'or, tout brûlants, qui m'a sablé le visage, c'est elle, c'est encore elle...

Non, ne descends pas au jardin; tu me fatigues. Le gravier va craquer sous tes pas, et je croirai que tu écrases un lit de petites braises... Laisse! que j'entende le jet d'eau, qui gicle maigre et va tarir, et le halètement de la chienne couchée sur la pierre chaude. Ne bouge pas! Depuis ce matin, je guette, sous les feuilles évanouies de l'aristoloche, qui pendent molles comme des peaux, l'éveil du premier souffle de vent... Ah! j'ai chaud! Ah! entendre, autour de notre maison, le bruit soyeux, d'éventail ouvert et refermé, d'un pigeon qui vole!...

Je n'aime déjà plus le drap fin et froissé, si frais tout à l'heure à mes talons nus. Mais au fond de ma chambre, il y a un miroir, tout bleu d'ombre, tout troublé de reflets...

Quelle eau tentante et froide!

Imagine, à t'y mirer, l'eau des étangs de mon pays! Ils dorment ainsi sous l'été, tièdes ici, glacés là par la fusée d'une source profonde. Ils sont opaques et bleuâtres, perfidement peuplés, et la couleuvre d'eau s'y enlace à la lige longue des nénuphars et des sagittaires... Ils sentent le jonc, la vase musquée, le chanvre vert... Rends-moi leur fraîcheur, leur brouillard où se berce la fièvre, rends-moi leur frisson,—j'ai si chaud!...

Ou bien donne-moi—mais tu ne voudras pas!—un tout petit morceau de glace, dans le creux de l'oreille, et un autre là, sur mon bras, à la saignée... Tu ne veux pas? tu me laisses désirer en vain, tu me fatigues...

Regarde, à présent, si la couleur du jour commence à changer, si les raies éblouissantes des persiennes deviennent bleues en bas, orangées en haut?

Penche-toi sur le jardin, raconte-moi la chaleur comme on raconte une catastrophe!

Le marronnier va mourir, dis? Il tend vers le ciel des feuilles frites, couleur d'écaille jaspée... Et rien ne pourra sauver les roses, saisies par la flamme avant d'éclore... Des roses... des roses mouillées, gonflées de pluie nocturne, froides à embrasser...

Ah! quitte la fenêtre! reviens! trompe ma langueur en me parlant de fleurs penchées sous la pluie! Trompe-moi, disque l'orage, là-bas, enfle un dos violet, dis-moi que le vent, rampant, se dresse soudain contre la maison, en rebroussant la vigne et la glycine, dis que les premières gouttes, plombées, vont entrer, obliques, par la fenêtre ouverte!

Je les boirai sur mes mains, j'y goûterai la poussière des routes lointaines, la fumée du nuage bas qui crève sur la ville...

Souviens-toi du dernier orage, de l'eau amère qui chargeait les beaux soucis couleur de soleil, de la pluie sucrée que pleurait le chèvrefeuille, et de la chevelure du fenouil, poudrée d'argent, où nous sucions en mille gouttelettes la saveur d'une absinthe fine...

Encore, encore! j'ai si chaud! Rappelle-moi le mercure vivace qui roule aux creux des capucines, quand l'averse s'éloigne, et sur la menthe pelucheuse... Évoque la rosée, la brise haute qui couche les cimes des arbres et ne touche pas mes cheveux... Évoque la mare cernée de moustiques et la ronde des rainettes... Oh! je voudrais, sur chaque main, le ventre froid d'une petite grenouille!... J'ai chaud, si tu savais... Parle encore...

Parle encore guéris ma fièvre! Crée pour moi l'automne: donne-moi, d'avance, le raisin froid, qu'on cueille à l'aube, et les dernières fraises d'octobre, mûres d'un seul côté... Oui, il me faudrait, pour l'écraser dans mes mains sèches, une grappe de raisins oubliés sur la treille, un peu ridés de gelée... Si tu amenais, auprès de moi, deux beaux chiens au nez très frais?... Tu vois, je suis toute malade, je divague...

Ne me quitte pas! assieds-toi, et lis-moi le conte qui commence par: «La princesse avait vu le jour dans un pays où la neige ne découvre jamais la terre, et son palais était fait de glace et de givre...» De givre, tu entends? de givre!... Quand je répète ce mot scintillant, il me semble que je mords dans une pelote de neige crissante, une belle pomme d'hiver façonnée par mes mains... Ah! j'ai chaud!...

J'ai chaud, mais... quelque chose à remué dans l'air? Est-ce seulement cette guêpe blonde? Annonce-t-elle la fin de ce long jour? Je m'abandonne à toi. Appelle sur moi le nuage, le soir, le sommeil. Tes doigts sous ma nuque y démêlent un moite désordre de cheveux...

Penche-toi, évente, de ton souffle, mes narines, et presse, contre mes dents, le sang acide de la groseille que tu mords... Je ne murmure presque plus, et tu ne saurais dire si c'est d'aise... Ne t'en vas pas si je dors: je feindrai d'ignorer que tu baises mes poignets et mes bras, rafraîchis, emperlés comme le col d'un alcarazas brun...

CONVALESCENCE

Vers Tunis... Tunis, c'est là-bas, plus loin que l'horizon visible, plus loin que cette claire brume lilas qui repose sur la mer et la fait, par contraste, plus sombre. Tunis... c'est tout blanc, n'est-ce pas? d'un blanc de sucre au soleil, et l'ombre des murs y est bleue, du même bleu que la mer, là-bas à l'horizon?... Tunis, c'est l'Afrique, c'est... comment dire? c'est l'éblouissante ville que je ne connais pas, la ville qui est *de l'autre côté de la mer!*

Je voudrais ne jamais y arriver. Toute ma journée, je la passerai ici, à l'avant du bateau sur cette chaise-longue de rotin, déteinte et comme poncée par la vague et l'embrun. Je me refuse à secouer ma paresse de convalescente, même quand sonnera l'assourdissant gong des repas. Apportez-moi le riz créole, et les oranges, et les dattes, là, sur la couverture qui m'emmaillote jusqu'aux aisselles. Apportez-moi aussi le café brûlant, et laissez-moi tranquille, maintenant, toute seule sur le pont. Je ne veux plus voir personne...

Le bateau roule très fort. Le mât, devant moi, s'incline avec lui, à gauche, puis à droite, et parcourt le ciel comme une longue aiguille hésitante. Ma tête oscille doucement et je vois tantôt à ma gauche, tantôt à ma droite, la mer se soulever et venir à ma rencontre, gaufrée de profonds sillons à crêtes blanches, et si lourde et d'un bleu si dense qu'elle donne confiance: ne marcherais-je pas sur ces eaux épaisses, comme sur un asphalte fouetté en train de se figer?

Seule... et sur la mer sans bornes. Enfin! Le vent et le roulis ont balayé ce pont. On bavarde au salon, on bridge au fumoir, on geint dans les cabines. Seule, et déjà tout enivrée de balancement, de faiblesse convalescente, de demi-fièvre... Je regarde, étonnée, ma forme sous la couverture serrée, et mes pieds pointus, et mes mains inertes sous les gants épais. C'est moi, ce corps immobile? Et n'est-ce pas ainsi qu'on attache, les bras aux flancs et les genoux joints, ceux qui ont cessé pour jamais de se mouvoir, et qu'on verse à la mer, par-dessus ce parapet?

Quelle douceur de songer à cela, ici, sereinement! Je ne souffre plus. Chaque effort du bateau me guérit davantage. La tête libre, et le corps si léger, et les yeux perdus... J'égale presque celle que je serai—plus tard, demain, dans un an, dans une heure?—quand mon libre esprit voguera sur la mer, délesté du poids qui dort sur cette chaise-longue...

Hier encore, je souffrais. J'appelais, avec l'énergie des malades, la cessation de ma souffrance. J'espérais ma guérison, j'exigeais le *changement*—la vie. Aujourd'hui, je me repose, insensible comme ceux qui viennent de mourir.

Mon souffle n'ouvre pas mes lèvres humides et froides d'une vapeur salée; le bateau seul respire, d'une longue, d'une lente et puissante haleine qui le couche à droite, qui le couche à gauche, qui enfonce son avant au profond de la vague, puis le relève ruisselant. Un sourd frémissement rythmé l'anime aussi comme les pulsations d'un cœur essoufflé.

Qu'il est vivant, le bateau où s'éteint mon mal! Beau nageur blanc, comme tu emportes vite ma dépouille! Ma dépouille: j'appelle ainsi ce corps privé soudain de ce qui le tordait si passionnément sur un lit moite, ce corps si expressif dans sa souffrance, si révolté, qui luttait contre son mal, inconscient et vigoureux comme un serpent coupé!... Tu m'emportes guérie—comme si j'étais morte. Pas de souhait, pas de tourment, plus rien... Le vide, la sérénité vaincue de ceux qui ont fini d'espérer, fini de pâtir.

Une nuée rousse, surgie du Nord invisible, derrière moi, traverse lentement le ciel. Sa couleur m'annonce la fin prochaine du jour, la fin du voyage, la fin de ma solitude... Quelque chose, en même temps, se lève sur ma pensée pure et stagnante: une nuée dont je ne puis dire si elle a forme de souvenir, de souci ou de regret; elle se dissipe avant de projeter sur un miroir étincelant et désert l'ombre d'un triste visage penché, ou d'une chimère cabrée, ou d'un combat amoureux...

Le nuage roux se hâte et nous devance vers la rive qu'on ne voit pas... Le soleil descend, berçant sur mon visage aux yeux mi-clos l'ombre du mât. Le vent grandit par instants, puis retombe, et ses assauts irréguliers agitent, hors de mon bonnet de laine, un petit drapeau palpitant de cheveux. Cela est irritant comme la caresse taquine d'un doigt sur la joue, quand on dort... Je résiste, je ne veux pas de réveil. Ne peut-on chasser même ces oiseaux tournoyants, noirs sur le ciel d'un bleu frais de lavande? Leur vol fend l'azur autour de moi, si vif et si soudain que je tressaille, comme si la plume humide et pointue de leur aile m'avait atteinte. Ainsi tressaillais-je autrefois, au passage, dans l'air, de ce parfum... Quel parfum? Je l'ai oublié...

J'ai oublié. Il y a, entre celle que je fus et celle qui est ici, couchée, vivante et refroidie comme une terre encore en fleurs d'où la chaleur se retire, il y a l'enchantement funèbre d'un long mal, il y a les insomnies, les féeries du délire, les heures des sommeils fiévreux... Ces pieds joints et paisibles ont usé de leurs ongles le drap qui les recouvrait, et ces narines, ces lèvres fermées ont imploré, ouvertes, tendues, le suc d'un fruit calmant, ou la bouffée du parfum oublié. La douleur et la joie, la musique, la couleur et l'odeur—autant de rayons affilés qui se brisaient sur moi, et comme j'en retentissais toute!...

Le soleil descend, et je me trouble à découvrir que la mer est maintenant plus pâle que le ciel, la mer tout à l'heure chargée de noir et de bleu, et de savonneuse écume... Une lumière verte, claire et dorée, monte des sables mystérieux, et la vague se tait aux flancs du bateau blanc... Là-bas! qu'est-ce, là-bas? Un long nuage ondulé, où brillent des oiseaux de neige?

Non, c'est la terre! Pouvais-je m'y tromper? Ne suis-je pas déjà debout, penchée toute vers le rivage qui vient lentement à nous, perçant les vapeurs où naissent peu à peu des villages blancs, des collines de jeune blé plus vertes que la mer?

Je tremble, comme si une main irrésistible m'eût tirée d'un sommeil sans rêves. Je tremble sous le choc reconnu de la lumière, de l'émotion, de la joie, du parfum et du son, et je tends vers la chaude terre inconnue, comme si j'allais retrouver là-bas, là-bas, mais avec un visage ému, des yeux changeants pleins de souci et d'espoir, avec sa fièvre, avec son mal fécond en songes, celle qui gisait tout à l'heure, triste et guérie!...

FIN